LUCKY LUKE

Am Fluss der rosa Biber

TEXT: PEARCE & J. LÉTURGIE ZEICHNUNGEN: MORRIS & PEARCE

EGMONT · BERLIN

Am Fluss der rosa Biber

Aus den Kindertagen von Lucky Luke

Früh übt sich, was ein glorreicher Westernheld werden will. Das mag sich auch Maurice de Bévère alias Morris (1923-2001) gedacht haben, als das unter seiner Aufsicht erarbeitete, im Original mit ***Kid Lucky*** überschriebene Album im Jahr 1995 zur Publikation gelangt ist und eine Episode aus den Kindertagen des Mustercowboys präsentierte.

Realisiert von Pearce und Léturgie, die sich die Text- und Bildgestaltung teilen, entspringt dieses Projekt einer Laune der Zeit. Etliche andere Comicfiguren, darunter Asterix, Obelix und Isnogud, haben in jenen Tagen mit ihren Jugendabenteuern ebenfalls die Leser erfreut. Jean Léturgie, der ab 1982 und dem Titel ***Sarah Bernhard*** etliche ***Lucky-Luke***-Bände als Szenarist verantwortet, präzisiert die weiteren Beweggründe: „Mit Pearce wollten wir eine Westernserie machen, in der es um einen Jungen in der Art von Tom Sawyer geht. Wir fanden es interessant, die Geschichte des Westens aus dem Blickwinkel eines Kindes zu zeigen. Als wir darüber nachdachten, meinte Texter Pearce, wir könnten doch die Idee auf Lucky Luke übertragen. Wir suchten einen Namen für den Jungen, fertigten zwei Seiten und zeigten das Resultat Morris." Ganz offensichtlich fand dieser Gefallen daran.

Fast zeitgleich mit dem Erscheinen der Geschichte in Frankreich konnten sich auch die Comicfans im deutschen Sprachraum ein Bild von Jung-Lucky machen. Im Sommer 1995 publiziert der Ehapa Verlag ***Am Fluss der rosa Biber*** als Debütalbum der angedachten neuen Albenreihe ***Lucky Kid***. Dieses Konzept geht jedoch nicht auf und so wird der zweite Titel ***Oklahoma Jim*** als Band 73 in die Albenreihe ***Lucky Luke*** integriert.

Am Fluss der rosa Biber führt in eine Zeit, als es die Weiten des Westens noch zu erobern gilt. Trapper, Siedler und Goldsucher ziehen aus, um in unbekanntem Indianerland ihr Glück zu suchen. In dieser Wildnis macht ein gewitztes Greenhorn von sich reden, das seine Schleuder bereits schneller zu ziehen weiß als sein eigener Schatten. An der Seite von Old Timer reift im jungen Lucky Luke nicht nur die Existenzberechtigung als „lonesome Cowboy", es kommt auch zur denkwürdigen Begegnung mit einem Pony. Dieses tauft er auf den Namen Jolly Jumper, der fortan zum treuen Begleiter auf seinem abenteuerlichen Weg wird. Höchst unterhaltsam haben Jean Léturgie (1947) und Pearce – hinter dem Pseudonym verbergen sich übrigens Texter Yann (1954) und Zeichner Didier Conrad (1959) – die Entfaltung von Lucky Kid in Szene gesetzt. Mit einfühlsamem Strich unterbreiten sie eine charmante Story, bei der es viele feine Gags zu entdecken gibt. Besonders hübsch ist die Hommage an Morris im ersten Bild auf der Seite 42. Der geistige Vater von Lucky Luke bemüht sich da zusammen mit seiner Frau doch tatsächlich um die Adoption seines Helden auf dem Papier.

Mit der Eingliederung von ***Am Fluss der rosa Biber*** als Band 82 in die Albenreihe ergänzt Egmont Ehapa sein Verlagsprogramm rund um Lucky Luke. Ein seit langer Zeit vergriffener Titel ist damit wieder zugänglich gemacht und wartet nun darauf, von einem großen Leserkreis neu entdeckt zu werden.

-Horst Berner-

AM FLUSS DER ROSA BIBER

WAS MACHEN WIR JETZT?
KEINE PANIK! ICH WENDE DIE DIPLOMATISCHE METHODE NUMMER EINS AN.
HALLÖCHEN, GROSSER KRIEGER! LASS UNS 'NEN SCHLUCK FEUERWASSER TRINKEN UND EIN POW-POW ÜBER DAS GELBE METALL ABHALTEN.
?
URGH!
ZIP!
KEINE PANIK! DANN GREIFEN WIR EBEN ZUR METHODE NUMMER ZWEI.
?
DU INTERESSIERST DICH FÜR MEINEN SKALP, MEIN GUTER?
??
BLEICHGESICHT IST GROSSER MEDIZINMANN.
KLEINER KOJOTE HAT EIN LOCH IM LINKEN MOKASSIN!
HATSCHI!
JEDES MAL DASSELBE! KAUM HABE ICH MEINE PERÜCKE ABGENOMMEN, ERKÄLTE ICH MICH.

HUGH!
?
?
PICHELNDER BISON IST EINVERSTANDEN, FÜR FEUER-WASSER ÜBER GELBES METALL ZU SPRECHEN.
... MEIN BRUDER HAT ALSO NUGGETS IM FLUSS DER BIBER GESEHEN. ABER WORAN ERKENNE ICH DIESEN FLUSS?
EINFACH, HICKS!
... IST EINZIGER FLUSS, WO ES ROSA BIBER MIT LANGEN RÜSSELN GIBT, HIPS!
3A
MEIN BRUDER MEINT WOHL ROSA BIBER MIT GROSSEN OHREN?
NEIN, NEIN! BIBER HABEN LANGE ZÄHNE UND RÜSSEL, ABER KEINE GROSSEN OHREN!
PICHELNDER BISON HAT SEINE ZUNGE VIEL GESCHWUNGEN UND IST JETZT DURSTIG.
DAS PALAVER ÜBER DAS GELBE METALL IST BEENDET. PICHELNDER BIBER MÖGE ZU SEINEM STAMM ZURÜCK-KEHREN!
UND DU SATTLE LIEBER DAS MAULTIER, STATT MAULAFFEN FEILZUHALTEN!
?
3B

SPÄTER...
BIST DU DIR SICHER, DASS ES ROSA BIBER GIBT, OLD TIMER? ICH GLAUBE EHER, DER INDIANER HAT DICH ANGELOGEN!
GLUCK! GLUCK!
DAVON VERSTEHST DU NICHTS, JUNGE! DU MUSST NOCH VIEL ÜBER DEN WILDEN... HIPS!... WESTEN LERNEN.
MEINE NASE SAGT MIR, DASS DAS GOLD GANZ IN DER NÄHE IST. WIR LAGERN HIER... HICKS! GEH HOLZ SAMMELN!
GRUMMEL... GLAUB JA EHER, DASS SICH DIE ROSA BIBER IN EINEM FLUSS NAMENS WHISKY TUMMELN!
HÖR AUF ZU MECKERN UND BEEIL DICH... HICKS!
ICH SAGTE HOLZ, KEINE ZAHNSTOCHER!
4A
KRRRRRR...
?
HIPS!
BRUFF!
MISTBENGEL, HUPS! HÄTTEST BEINAH MEINE FLASCHE ZERDEPPERT!
!
EIN ROSA BIBER MIT GROSSEN OHREN!
4B

KID! KIIIID! ICH HAB DEN FLUSS GEFUNDEN!
HALLELUJA! WIR SIND REICH!
MAGST DU DEINE BOHNEN MIT ODER OHNE SPECK?
AUTSCH! DAS DRECKSVIEH HAT MICH GEBISSEN!
GOLD!
GOLD!
GOLD!
ZUM HENKER! IST DIE BRÜHE EISIG!
FRRRP!
5A
POCK!
SCHLUCK!
HÖLLENDRECK! ICH HAB MIR EINEN FINGERNAGEL UMGEKNICKT!
AM ABEND...
ES IST ALLES BEREIT, OLD TIMER!
VERSTEHE ICH NICHT... ICH HABE NICHTS GEFUNDEN.
ABER MORGEN WERDE ICH... HATSCHI!
WIR MÜSSEN DARAN DENKEN, UNSEREN VORRAT AN SENFMEHL FÜR DEINE INHALATIONEN AUFZU- FRISCHEN.
5B

ZZZZ...
CHR... ZZZ...
6A
ZEHN ... ELF ... ZWÖLF SCHRITTE ... STOPP!
KRRK!
PENG!
UIUIUIUIUI!
6B

VERFLIXT! WIEDER DANEBEN... STATTDESSEN HABE ICH EINEN KOJOTEN GETROFFEN.
URGH!
ABER EINES TAGES SCHAFF ICH'S SCHON NOCH!
HOSIANNA!
WEIHNACHTEN!
CHRR... ZZZ!
CHRR... ZZZZ!
ZUM GLÜCK SÄGT OLD TIMER WIE EIN WELTMEISTER...
CHRR... ZZZ!
ZZZ...
CHRR...
ZZZ...
7A
ZZZ...
FEUERWASSER!
CHRR...
PLOPP!
LASS MEINE FLASCHE FALLEN, VERFLUCHTE ROTHAUT, ODER ICH VERWANDLE DICH IN EINEN LÖCHRIGEN MOKASSIN!
KLIRRR!
7B

UND DASS ICH DEINE DRECKIGE FEDER NIE WIEDER IN DER NÄHE VON MEINEN VORRÄTEN ERWISCHE!
RUHIG BLUT, OLD TIMER. DENK AN DEINEN KREISLAUF!
UND DU HAST NATÜRLICH NICHTS GEMERKT! ZUM GLÜCK HABE ICH EIN FEINES GEHÖR.
MORGENS...
IMMER NOCH NICHTS. DABEI MUSS ES HIER WELCHES GEBEN!
KIIIID! BRING MIR DAS MITTEL, MIT DEM MAN DAS GOLD VOM SCHLAMM TRENNT...
8A
FEUERWASSER!
KLOMP!
EIN PAPOOSE UND FEUERWASSER! GROSSER MANITU MEINT ES ENDLICH GUT MIT PICHELNDER BISON!
WIRD'S BALD? ICH WARTE!
DER MISTBENGEL HÄNGT SICHER IRGENDWO RUM UND SCHMOLLT! NA, DER HUNGER WIRD IHN SCHON WIEDER HERTREIBEN!
8B

GROSSER MANITU MEINT ES WIRKLICH GUT MIT PICHELNDER BISON. FINDET LAGER SOFORT WIEDER, OHNE SICH IN STAMM ZU IRREN!
FETTER MOKASSIN, MEINE SQUAW!
?
PICHELNDER BISON BRINGT DIR NEUEN PAPOOSE MIT!
PLUFF!
9A
FETTER MOKASSIN HÄTTE LIEBER NEUE SQUAW, UM IHR ZU HELFEN. ODER BRUDER PFERD, UM SCHWERE LASTEN ZU SCHLEPPEN!
WENN BRUDER PFERD DIE ARBEIT ABNIMMT VON SQUAW, SIE HÄTTE DOPPELT SO VIEL ZEIT, SCHWESTER ZUNGE ZU SCHWINGEN.
PLOPP!
URGH... ZUNGE VON PICHELNDER BISON SO TROCKEN WIE BRUDER ZUNDER!
GLUCK! GLUCK!
TUGUDUPP! TUGUDUPP!
TUGUDUPP! TUGUDUPP!
9B

KLEINER KOJOTE HAT GENUG VON „HAARE-ZIEHEN-UND-SICH-NASE-HAUEN"!
WARUM NICHT SPIELEN „VON-PONY-FALLEN-LASSEN"?
???
DAS DA IST BESSERE IDEE FÜR SPIEL!
PLUFF!
NEIN, OLD TIMER!!! ICH HAB DOCH ERST LETZTEN MONAT GEBADET!
10A
HI! HI! HI! HI! HA! HA! HA!
??!
WEISSER PAPOOSE HAT HINTERN NOCH BLEICHER ALS GESICHT!
ER SCHREIT WIE SQUAW, DIE ÜBERRASCHT WIRD VON SCHWESTER MAUS!
NEIN, ER QUIEKT WIE FERKEL, DAS VERLOREN HAT MUTTER SAU!
?
QUIEKENDES FERKEL IST NEUER BRUDER VON BLASSES STACHELSCHWEIN.
WAAAS?!
NICHTS DA!!! QUIEKENDES FERKEL IST HÖCHSTENS GUT, UM SKALPIERT ZU WERDEN!
QUIEKENDES FERKEL IST AB JETZT BRUDER VON BLASSES STACHELSCHWEIN! HUGH, ICH HABE GESPROCHEN!
DU NICHT SCHUBSEN!
ICH NICHT SEHEN!
GROSSER MANITU GIBT FETTER MOKASSIN NIE PAPOOSE, DARUM SIE ADOPTIERT WEISSE WAISEN.
10B

FEUERWASSER IST ZU GROSSES KALIBER FÜR PICHELNDER BISON.
BRUDER LEBER UND BRUDER MAGEN SIND GEGANGEN AUF KRIEGSPFAD.
SNIFF?
NUR TAPFERE KRIEGER KÖNNEN DAS TRINKEN!
GLUCK! GLUCK!
MEDIZINMANN RUHT SICH JETZT LIEBER AUS, HUGH!
LEBER VON PICHELNDER BISON IST SOLIDER ALS PANZER VON SCHWESTER SCHILDKRÖTE. VIEL AUFREGUNG UM NICHTS!
11A
QUIEKENDES FERKEL DAS ANZIEHEN.
PSSST! WEISST DU, OB MAN ZUSAMMEN MIT MIR EINEN ALTEN GRIESGRAM GEFANGEN GENOMMEN HAT?
?
DU MIR FOLGEN.
ARMER OLD TIMER! WER WEISS, WAS SIE MIT IHM ANGESTELLT HABEN...
DAS HIER IST GANZE SKALPSAMMLUNG. DU ERKENNEN DEINEN FREUND?
?!!
UFF! DIE PERÜCKE VON OLD TIMER IST NICHT DABEI. HAB ICH EINEN SCHRECK BEKOMMEN!
11B

SAG MAL, FÜR EINE ROTHAUT HAST DU JA EINE ZIEMLICH HELLE HAUTFARBE!
?!
ÖH... SCHWESTER SONNE MICH NICHT MÖGEN. WILL HAUT VON BLASSES STACHELSCHWEIN NICHT BRAUN MACHEN. DAS GROSSES RÄTSEL!
MEIN BRUDER KLEINER FINGER SAGT, DASS DU EIN WEISSES KIND BIST, DAS WIE ICH VON DEN INDIANERN ENTFÜHRT WURDE.
KLEINER FINGER SPRICHT MIT GESPALTENER ZUNGE!
WOCK!
DRECKIGER WEISSER!
QUARKGESICHT!
KLOPS!
AUTSCH!
WOCK!
?!
QUIEKENDES FERKEL UND BLASSES STACHELSCHWEIN GEHÖREN ZU EINER FAMILIE. ICH NICHT GERN WIEDERHOLEN!
12 A
STIMMT NICHT! STACHELSCHWEIN GEHÖRT ZUR FAMILIE VON IGEL, NICHT VON SCHWEIN!
♪
AM ABEND DANN...
AUA! AUA!
PAPOOSE ESSEN. DAS GUTES PEMMIKAN!
SCHLABB! MJAM! MAMPF!
PEMMIKAN? DAVON HAT OLD TIMER OFT ERZÄHLT. DAS IST GETROCKNETES UND ZERSTOSSENES BISONFLEISCH.
?!!!
WÜRG!
NIE IM LEBEN KRIEGE ICH DAS RUNTER! HOFFENTLICH HOLT MICH OLD TIMER BALD HIER RAUS!
KIIIID! BRING MIR DAS SENFMEHL...
HAAAATSCHI!
12 B

AM NÄCHSTEN MORGEN...
DIE SQUAWS MÖGEN IHRE MESSER SCHÄRFEN, UM DIE HÄUTE ZU SCHABEN...
ZZZ?
HUGH!
HUGH!
HUGH!
FOLGT MIR, TAPFERE KRIEGER! BRÜDER BISONS WARTEN AUF UNS!
WARTET AUF MICH! WARTET AUF MICH!
BLASSES STACHELSCHWEIN BLEIBT IM LAGER BEI DEN SQUAWS. VIELE MONDE MÜSSEN NOCH VERSTREICHEN BIS ZU SEINER ERSTEN JAGD.
NICHTS ÜBERSTÜRZEN! ERST MAL EINE TASSE GUTEN SCHWARZEN KAFFEE, UM EINEN KLAREN KOPF ZU BEKOMMEN.
PEMMIKAN.
13 A
IGITT! EINES STEHT FEST: ICH HAUE AB, OHNE AUF OLD TIMER ZU WARTEN.
KOMM, WIR SPIELEN „IN-AMEISENHAUFEN-TRETEN-UND-SICH-DANN-DRAUFLEGEN".
NACHHER WIR SPIELEN „KLEINE-SQUAWS-IN-PIEK-SENDEN-BUSCH-SCHUBSEN".
AU JA!
QUIEKENDES FERKEL LIEBER SPIELEN „HOLZ-HACKEN-FÜR-FEUER".
DAS IST DIE GELEGENHEIT!
PLOFF!
LUCKY KID LIEBER SPIELEN „MIT-AFFEN-ZAHN-IN-WALD-FLÜCHTEN-UM-ZU-FINDEN-OLD-TIMER"! HA! HA! HA!
QUIEKENDES FERKEL HAT TOMAHAWK VERLOREN!
TSCHACK!
13 B

WENN QUIEKENDES FERKEL GROSS IST, KANN ES SICH WIE SEIN VATER PICHELNDER BISON IN FEUERWASSER FLÜCHTEN.
JETZT ABER HOL WASSER, UM BISONHAUT ZU WASCHEN. HUGH!
HOPP!
14A
POCK!
?!
HECHEL! HECHEL!
QUIEKENDES FERKEL HAT KRUG VERLOREN.
SOLANG MIR FETTER MOKASSIN AUF DER PELLE HOCKT, IST KEIN ENTKOMMEN. OLD TIMER IST MEINE EINZIGE HOFFNUNG!
SCHMOLLST DU IMMER NOCH, KID? NA GUT, ICH KANN WARTEN!
14B

DU JETZT TROCKENE FLADEN VON BISON SAMMELN, UM BRUDER FEUER ZU NÄHREN.
KEUCH! KEUCH!
OH NEIN! KOMMT NICHT IN DIE TÜTE! DAS IST KEINE MÄNNERARBEIT! LUCKY KID HAT GESPROCHEN!
DANN GEHT QUIEKENDES FERKEL MIT KLEINEN SQUAWS HONIG SUCHEN, UM ZU BRATEN MIT BISONKUTTELN. ICH HABE GESPROCHEN!
?!
EINES TAGES WIRD MEIN KRIEGER KOMMEN, EINES TAGES SAGT ER ZU MIIIR...
KLEINES BLEICHGESICHT IMMER AN ROCKZIPFEL VON FETTER MOKASSIN HÄNGEN. HI! HI!
HONIGBAUM IST HINTER DEM GEBÜSCH.
15A
BZZ!
BZZ!
?!!
BZZ!
DAS IST „ALTER-GRIZZLY-MIT-EINEM-AUGE-DER-HONIG-MAG"!
ER SEHR BLUTRÜNSTIG!
HONIG? BLUTRÜNSTIG? DA HAB ICH EINE IDEE!
KRACKS!
FETTER MOKASSIN! FETTER MOKASSIN!
?
DU BRINGEN HONIG?
BZZ!
BZZ!
15B

QUIEKENDES FERKEL SOLL ACHTGEBEN UND SCHWESTERN BIENEN NICHT INS WIGWAM LASSEN.
?!
?!
GROAAR!
ZEHN GEGEN EINS AUF DEN GRIZZLY!
HAT PICHELNDER BISON WIEDER ZU VIEL FEUERWASSER GESCHLUCKT?
UND JETZT AUF ZU OLD TIMER!
16A
IM SELBEN MOMENT, NUR ANDERSWO...
GROSSER MANITU FÜHRT OGALALLAS AN DER NASE HERUM. BRÜDER BISON SIND MITTEN IN DER WEITEN PRÄRIE. AUF PFERDEN WIR UNS IHNEN NIEMALS NÄHERN!
IHR BEIDEN ZIEHT BISONFELLE ÜBER UND SCHLEICHT EUCH AN HERDE HERAN.
GROSSE EHRE FÜR UNS.
HUGH!
LEICHTGLÄUBIGER HAMSTER IST STOLZ. WIRD IMMER FÜR WICHTIGE AUFGABEN AUSGESUCHT. HUGH!
NAIVES MÄUSCHEN AUCH!
SCHADE, DASS BRÜDER STUMPFSINNIGER MAULWURF UND DÖSENDE SPITZMAUS NICHT MEHR DA SIND, UM UNS ZU BEGLEITEN.
HUGH! JAGEN JETZT IN EWIGEN JAGDGRÜNDEN!
16B

BRRR... IST ES HIER UNHEIMLICH! DA HILFT NUR EIN LIED, UM MIR MUT ZU MACHEN.
I'M A POOR LONESOME COWBOY, AND IT'S A LONG WAY FROM...
OOOUWOUU
... HOME...
?!
OUWW OUWWW... OUW...
WÖLFE! DA HEISST ES NICHTS WIE AB DURCH DIE MITTE!
HHHIIIIIIHH...
?!
DA WIEHERT EIN PFERD! VIELLEICHT STECKT JEMAND IN SCHWIERIGKEITEN?
?!
EIN VERIRRTES PONY. ES IST VERLOREN! DAS HARTE GESETZ DER NATUR.
HHHIIIIIIII!

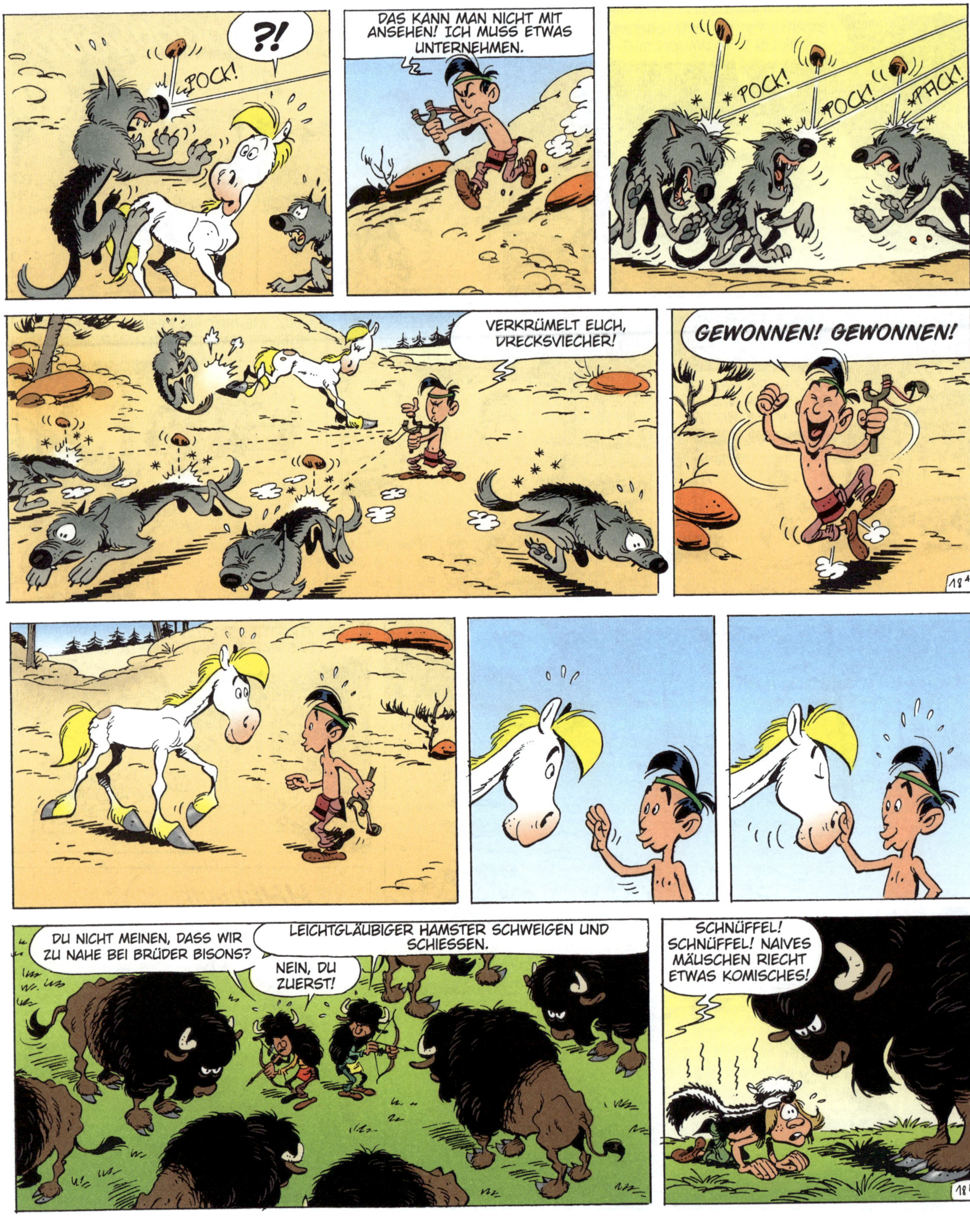
?!
POCK!
DAS KANN MAN NICHT MIT ANSEHEN! ICH MUSS ETWAS UNTERNEHMEN.
POCK!
POCK!
PACK!
VERKRÜMELT EUCH, DRECKSVIECHER!
GEWONNEN! GEWONNEN!
DU NICHT MEINEN, DASS WIR ZU NAHE BEI BRÜDER BISONS?
LEICHTGLÄUBIGER HAMSTER SCHWEIGEN UND SCHIESSEN.
NEIN, DU ZUERST!
SCHNÜFFEL! SCHNÜFFEL! NAIVES MÄUSCHEN RIECHT ETWAS KOMISCHES!

ÄH... MUUH!...
MÖÖHÖÖHÖÖHÖÖ!!!
FELL VON BRUDER STINKTIER ÜBERZIEHEN, UM AN BISONS HERANZUSCHLEICHEN, WAR KEINE GUTE IDEE!
TUGUDUPP! TUGUDUPP! TUGUDUPP! TUGUDUPP!
LEICHTGLÄUBIGER HAMSTER ÜBERNIMMT NIE WIEDER WICHTIGE AUFGABE!
NAIVES MÄUSCHEN HAT GERADE BESCHLOSSEN, VEGETARIER ZU WERDEN. HUGH!
19 A
TUGUDUPP! TUGUDUPP! TUGUDUPP!
?!
TUGUDUPP! TUGUDUPP! TUGUDUPP! TUGUDUPP! TUGUDUPP!
LOS, PFERDCHEN, JETZT ZEIG MAL, WAS DU IN DEN HUFEN HAST!
WARTE AUF STACHELSCHWEIN!
?
ICH BRUDER! ICH BLEICHGESICHT! ICH WEISSER! ICH SCHWEIN!
19 B

TUGUDUPP! TUGUDUPP! TUGUDUPP!
GALOPPIER, PFERDCHEN, GALOPPIER!
TUGUDUPP! TUGUDUPP! TUGUDUPP! TUGUDUPP!
SIE REITEN AUF GROSSE SCHLUCHT ZU. SIE VERLOREN! SCHLECHTER TAG!
HUGH!
FETTER MOKASSIN VERLIERT BEIDE PAPOOSE AUF EINEN SCHLAG!
SQUAWS VIEL WEINEN UND UNS OHREN VOLLJAMMERN.
SEHR SCHLECHTER TAG!
BISONS UNS ENTWISCHEN...
WIR WIEDER BRÜDER RÜBEN ESSEN MÜSSEN.
SEHR, SEHR SCHLECHTER TAG!
?!
HALT DICH FEST, STACHELSCHWEIN!
TUGUDUPP!
STACHELSCHWEIN HAT HIRN IN KOPF ANGESTRENGT! ER IST NICHT BRUDER! IST NICHT WEISS!
ER KEIN SCHWEIN! ER RUNTER-WOLLEN!
ER DOCH NICHT MEHR RUNTERWOLLEN.

MÖH?
?
TUGUDUPP TUGUDUPP!
BRÜDER BISONS SIND EINGEGANGEN IN EWIGE JAGDGRÜNDE. SEHR GUTER TAG!
HUGH!
TAPFERE KRIEGER HABEN HEUTE ABEND VIEL NAHRUNG. UND SQUAWS VIEL ARBEIT.
DAMIT WIR HABEN RUHE FÜR VIELE MONDE.
SEHR, SEHR GUTER TAG!
MEINE BRÜDER MÖGEN HERAUFSCHAFFEN DIE BISONS. HUGH!
SEHR, SEHR ANSTRENGEND!
21 A
AUTSCH! STACHELSCHWEIN UND BRUDER KAKTUS... AUA... GEHÖREN AUCH NICHT ZUR SELBEN FAMILIE!
WAS FÜR EIN SPRUNG!! DU HAST UNS DAS LEBEN GERETTET!
AB JETZT NENNE ICH DICH JOLLY JUMPER!*
AUA! AUTSCH! AUA!
* GROSSARTIGER SPRINGER.
LEB WOHL, BLASSER KAKTUS!
UND SCHÖNE GRÜSSE AN DEN DICKEN PANTOFFEL!
!
ENDE GUT, ALLES GUT, JOLLY JUMPER. ICH KANN'S KAUM ERWARTEN, DICH OLD TIMER VORZUSTELLEN.
21 B

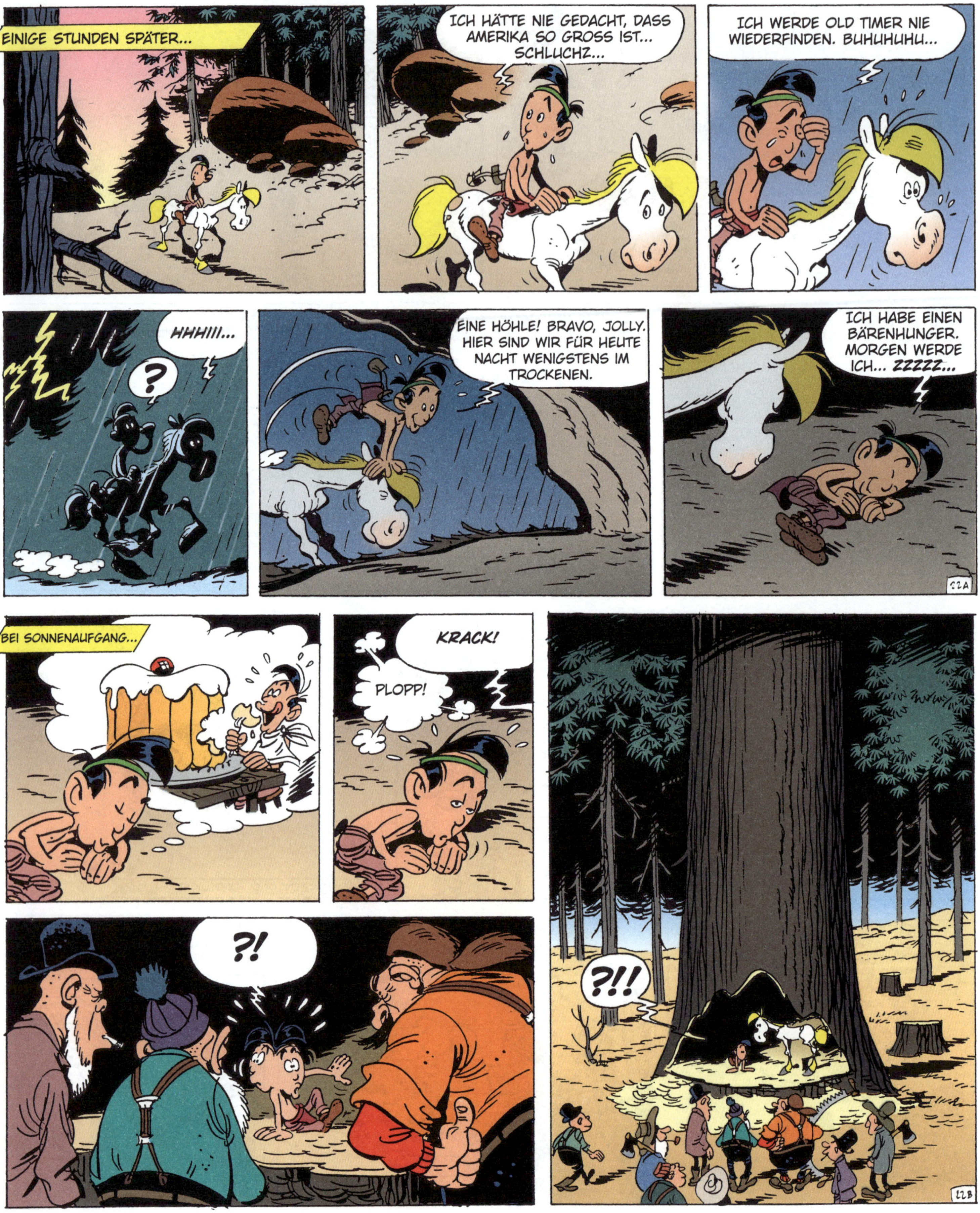
EINIGE STUNDEN SPÄTER...
ICH HÄTTE NIE GEDACHT, DASS AMERIKA SO GROSS IST... SCHLUCHZ...
ICH WERDE OLD TIMER NIE WIEDERFINDEN. BUHUHUHU...
HHHIII...
?
EINE HÖHLE! BRAVO, JOLLY. HIER SIND WIR FÜR HEUTE NACHT WENIGSTENS IM TROCKENEN.
ICH HABE EINEN BÄRENHUNGER. MORGEN WERDE ICH... ZZZZZ...
22A
BEI SONNENAUFGANG...
KRACK!
PLOPP!
?!
?!!
22B

HOLZFÄLLER!
ICH HAB DIE NACHT IN EINEM MAMMUTBAUM VERBRACHT, DEN SIE SCHON ANGESÄGT HATTEN!
BRRR... EISIGES SCHWEIGEN! ICH MUSS DIE RICHTIGEN WORTE FINDEN, UM IHR VERTRAUEN ZU GEWINNEN!
KNURR! GARGL! GLUBB!
HAST DU HUNGER, KLEINER?
WER ESSEN WILL, MUSS ARBEITEN!
TOCK!
23 A
ICH WERDE IHNEN BEWEISEN, DASS ICH KEIN SCHLAPPSCHWANZ BIN.
HAU RUCK! HGNNPF! HRRGH...
AUF DIE ART KANNST DU DIR DEIN ESSEN JEDENFALLS NICHT VERDIENEN!
ICH HAB EINE BESSERE IDEE. WIR BRAUCHEN EIN EICHHÖRNCHEN.
EIN EICHHÖRNCHEN? IST DAS EINER, DER FÜR DIE HOLZFÄLLER NÜSSE SAMMELT?
23 B

SCHÖN ANGE-SCHMIERT!
HIER SCHLAGE ICH JEDENFALLS KEINE WURZELN. GLEICH NACH DEM ESSEN BRENNE ICH DURCH, UM OLD TIMER ZU SUCHEN!
TIMBER!
AAAAAHH!
ALS EICHHÖRNCHEN MUSST DU LERNEN, SCHNELLER RUNTERZUSPRINGEN, SONST ENDEST DU NOCH ALS MAULWURF: SECHS FUSS UNTER DER ERDE!
ESSEN FASSEN!
KLANG!
LASS ES DIR SCHMECKEN, KLEINER. DAS IST GANZ FRISCHER PEMMIKAN. VON DEN INDIANERN GEKAUFT!
?!
FLOTSCH!

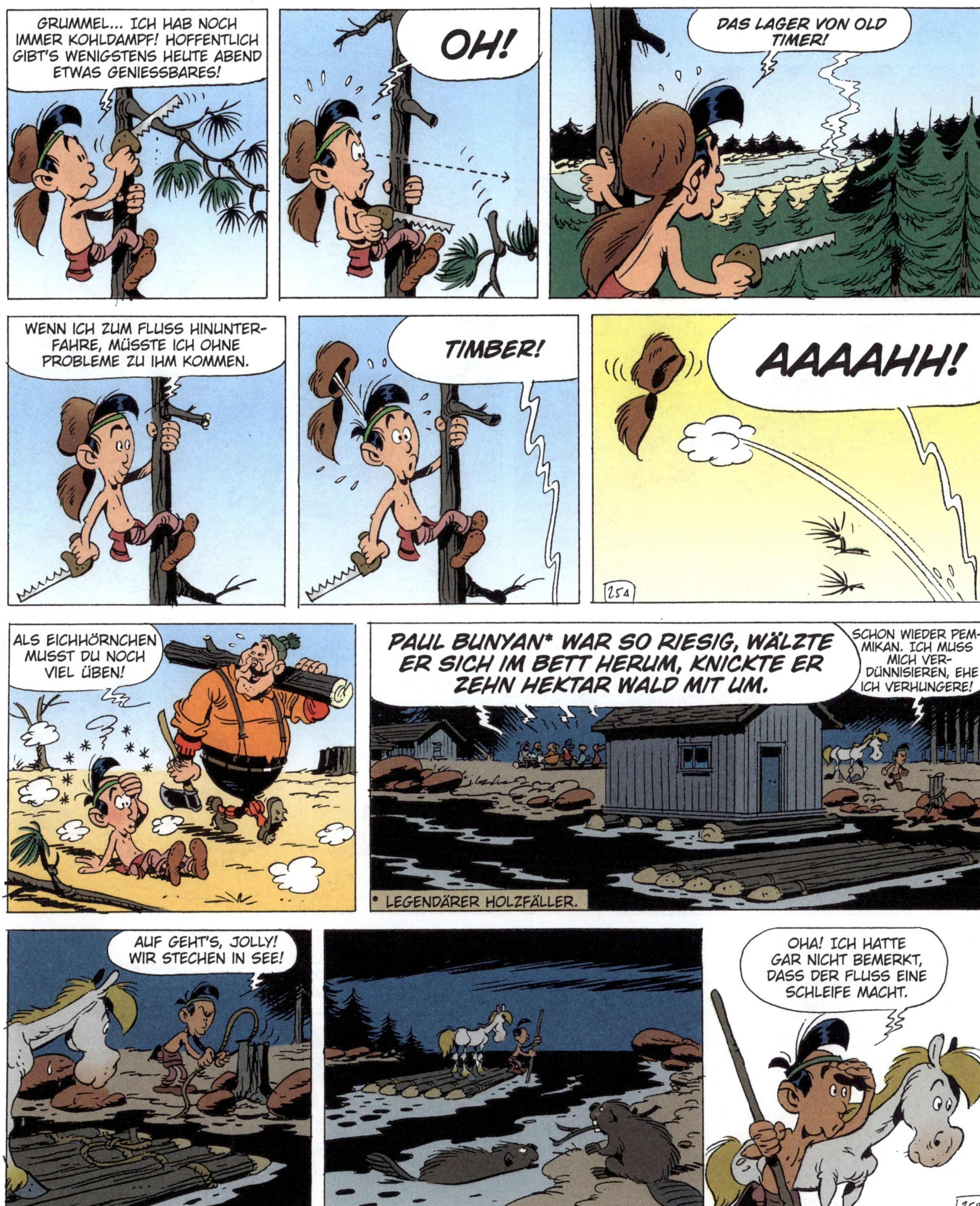
GRUMMEL... ICH HAB NOCH IMMER KOHLDAMPF! HOFFENTLICH GIBT'S WENIGSTENS HEUTE ABEND ETWAS GENIESSBARES!
OH!
DAS LAGER VON OLD TIMER!
WENN ICH ZUM FLUSS HINUNTER-FAHRE, MÜSSTE ICH OHNE PROBLEME ZU IHM KOMMEN.
TIMBER!
AAAAHH!
ALS EICHHÖRNCHEN MUSST DU NOCH VIEL ÜBEN!
PAUL BUNYAN* WAR SO RIESIG, WÄLZTE ER SICH IM BETT HERUM, KNICKTE ER ZEHN HEKTAR WALD MIT UM.
SCHON WIEDER PEMMIKAN. ICH MUSS MICH VERDÜNNISIEREN, EHE ICH VERHUNGERE!
* LEGENDÄRER HOLZFÄLLER.
AUF GEHT'S, JOLLY! WIR STECHEN IN SEE!
OHA! ICH HATTE GAR NICHT BEMERKT, DASS DER FLUSS EINE SCHLEIFE MACHT.

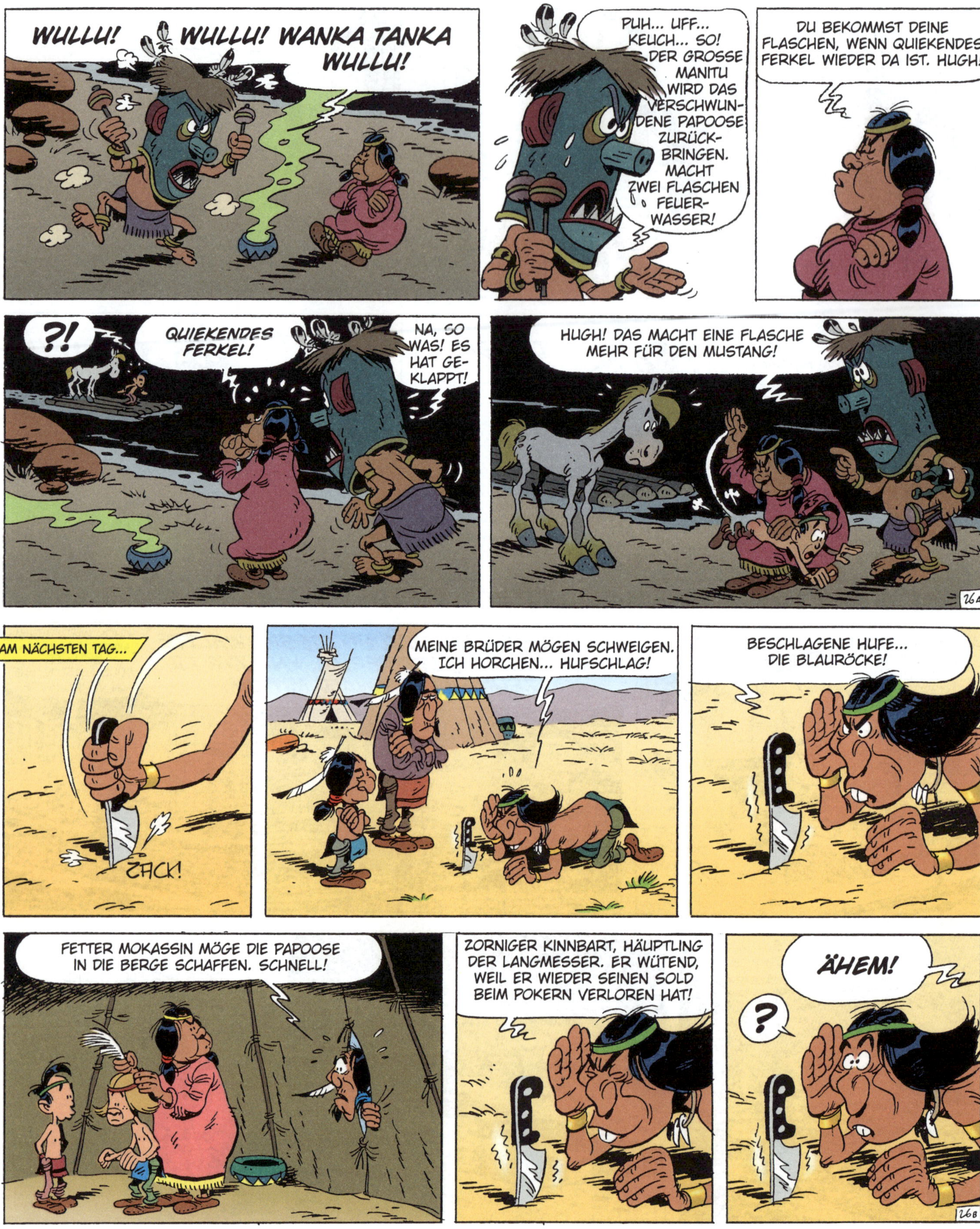

WULLU! WULLU! WANKA TANKA WULLU!
PUH... UFF... KEUCH... SO! DER GROSSE MANITU WIRD DAS VERSCHWUNDENE PAPOOSE ZURÜCKBRINGEN. MACHT ZWEI FLASCHEN FEUERWASSER!
DU BEKOMMST DEINE FLASCHEN, WENN QUIEKENDES FERKEL WIEDER DA IST. HUGH!
?!
QUIEKENDES FERKEL!
NA, SO WAS! ES HAT GEKLAPPT!
HUGH! DAS MACHT EINE FLASCHE MEHR FÜR DEN MUSTANG!
26A
AM NÄCHSTEN TAG...
ZACK!
MEINE BRÜDER MÖGEN SCHWEIGEN. ICH HORCHEN... HUFSCHLAG!
BESCHLAGENE HUFE... DIE BLAURÖCKE!
FETTER MOKASSIN MÖGE DIE PAPOOSE IN DIE BERGE SCHAFFEN. SCHNELL!
ZORNIGER KINNBART, HÄUPTLING DER LANGMESSER. ER WÜTEND, WEIL ER WIEDER SEINEN SOLD BEIM POKERN VERLOREN HAT!
ÄHEM!
?
26B

MEIN ROTER BRUDER SOLLTE LIEBER ZEHNMAL HINHÖREN, EHE ER SEINE ZUNGE SCHWINGT, WEIL ICH IHM SONST IRGENDWANN DAS VORLAUTE MAUL STOPFE!
?!
ABSITZEN UND SÄBEL ZIEHEN! DURCHSUCHT DIE ZELTE UND SONDIERT DEN BODEN!
DER GROSSE HÄUPTLING SOLL SEHEN, WARUM WIR LANGE MESSER HABEN!
WILL MEIN BRUDER ALLE MAULWÜRFE TÖTEN?
ZACK!
VORWÄRTS! IHR HABT GEHÖRT, WAS DER COLONEL GESAGT HAT!
IIIIIH!
SORRY, MISS.
MÖCHTE MEIN BRUDER HANDGEMACHTE TÖPFERWARE? ZWEI DOLLAR.
ZACK!
ZACK!
ZACK!
ZACK!
ZACK!
ZACK!
ZACK!
ZACK!
ZACK!
ZACK!
ZACK!
ZACK!
ZACK!
ZACK!
WIRKLICH ZU DUMM! ICH WETTE, DIE SOLDATEN SIND GEKOMMEN, UM MICH ZU BEFREIEN. OLD TIMER MUSS BEI IHNEN SEIN.
WARTET HIER! FETTER MOKASSIN WILL ERST AUFRÄUMEN.
?!
PAFF!
BING!
GROARR...

JETZT HINEINGEHEN UND OHNE EINEN MUCKS WARTEN, BIS LANGMESSER FORT SIND!
MUTTER BÄRIN HAT NEUES JUNGES BEKOMMEN SEIT LETZTEM BESUCH VON BLAURÖCKEN!
HIER STINKT'S JA WIE IN 'NEM ZIEGENSTALL!
ICH NICHT RIECHEN.
ICH KAPIERE NICHT, WIESO DU NICHT VERSUCHST ABZUHAUEN, UM ZU DEINEN WIRKLICHEN ELTERN ZURÜCKZUKEHREN.
!
OH! DU KENNST MEINE ALTEN NICHT, SONST WÜRDEST DU VERSTEHEN, WARUM ICH LIEBER HIERBLEIBE!
28A
MACH, WAS DU WILLST, ICH HABE DIE NASE VOLL VON PEMMIKAN, SCHWERER HAUSARBEIT UND FETTER MOKASSIN.
POCK!
SO LONG, INDIANER! WIR SEHEN UNS IN LITTLE BIG HORN!
WIR HABEN NICHTS GEFUNDEN, COLONEL...
... AUSSER DIESEN FLASCHEN, DIE LEIDER GOTTES LEER SIND!
SICHER DIE MAULWÜRFE, SIR!
28B

NICHT DIE GERINGSTE SPUR VON EINEM ENTFÜHRTEN WEISSEN KIND.
PSST, COLONEL?
?
ICH HABE DAS DING DA AUSGEBUDDELT. WAS SOLL ICH DAMIT ANFANGEN?
DAS KRIEGSBEIL DER OGALALLAS!
VERGRABEN SIE ES IRGENDWO DISKRET. ICH WILL KEINEN ÄRGER MIT WASHINGTON BEKOMMEN!
?
RENN NICHT SO SCHNELL! KEUCH... KEUCH... WARTE AUF MICH...
GEH RUHIG INDIANER SPIELEN, WENN DU WILLST! MIR REICHT'S, ICH VERDUFTE ZU OLD TIMER!
HEE! MACH KEINEN QUATSCH! UNTER IHRER DICKEN BISONSCHALE VERBIRGT FETTER MOKASSIN EIN HERZ AUS GOLD. AUSSERDEM IST ES HIER DOCH LUSTIG: BOGENSCHIESSEN...
PFERDE ZUREITEN...
JOLLY JUMPER! DEN KANN ICH NICHT IN DEN HÄNDEN DER INDIANER ZURÜCKLASSEN!
MÄDCHEN MIT HONIG BESTREICHEN UND IN AMEISENHAUFEN SCHUBSEN. AUTSCH!
WÄHRENDDESSEN...
HUGH!
HUGH!
HUGH!
ICH DASSELBE DENKEN WIE MEINE BRÜDER. HUGH!
BÖSE, BÖSE JANE! WENN DU SO WEITERMACHST, SKALPIEREN DICH DIE INDIANER.
FIS, JANE! NUR WEIL WIR IM WILDEN WESTEN SIND, DARFST DU NOCH LÄNGST NICHT MOZART MASSAKRIEREN!
ICH WÜRDE ALLES DRUM GEBEN, UM DEM HIER ZU ENTKOMMEN!
TSCHACK!
UFF!

FETTER MOKASSIN IST UNTRÖSTLICH.
DAS GEHEN AUF KEINE BISONHAUT!
BUHUHUHUHUHU!
SQUAW VON HÜPFENDES KARNICKEL BIETET IHR ZWEI VON IHREN PAPOOSE AN.
DAS GUTE MEDIZIN.
BUHUHUHUHU!
NICHTS ZU MACHEN! SIE WILL SIE NICHT ADOPTIEREN.
KOMMT, MEINE KANINCHEN!
BUHUHUHU!
TAPFERE OGALALLAS KEHREN ZURÜCK!
SIE BRINGEN PAPOOSE MIT?
30A
WIR VIEL BESSERES GEFUNDEN! ZWEI KLEINE SQUAWS, UM ZU HELFEN, BISONHÄUTE ZU GERBEN UND PEMMIKAN ZU STAMPFEN. HUGH!
TAPFERE KRIEGER GEHEN JETZT EINEN TRINKEN.
KEIN KLAVIER! DIE NEUE WELT IST DAS PARADIES!
ICH WILL NICHT, DASS MEINE PUPPE SKALPIERT WIRD!
MÄNNER ALLE GLEICH! NUR DAZU GUT, FEUERWASSERFLASCHEN ZU SKALPIEREN.
ALLE ZUM FLUSS KOMMEN! DAS WIRD LUSTIG!
WIR BEREITEN PIKSENDEN BUSCH VOR.
HABE ICH ES DIR NICHT GESAGT, HARRY? WIR HÄTTEN AUF NEUSEELAND BLEIBEN SOLLEN! DIE MAORIS HATTEN WENIGSTENS RESPEKT VOR DER MUSIK. SCHLUCHZ!
DAS PFEIL VON OGALALLAS. DAS PFUSCHARBEIT. HUGH!
ENDLICH!
30B

DIESMAL ERTAPPE ICH DICH AUF FRISCHER TAT, FRÖSTELNDES OPOSSUM!
SEIT FÜNFZEHN JAHREN WARTE ICH AUF DIESEN MOMENT. ICH WERDE IHN ZERBRECHEN, WIE DIESEN PFEIL HIER!
GNNHHH... GNAAA...
HRRGH!
HMPF!
SEIEN SIE UNBESORGT. ICH NEHME DIE SACHE PERSÖNLICH IN DIE HAND. DAS IST RASCH ERLEDIGT!
LIEUTENANT OSWALD, SIE BLEIBEN BEI DEN KENNEDYS!
COLONEL COSTNER KENNT SICH DA AUS. SEINE TOCHTER MARGRET IST AUCH VON INDIANERN ENTFÜHRT WORDEN. SEIT FÜNFZEHN JAHREN SUCHT ER SIE NUN SCHON.
?!
31A
DASS DAS KLAR IST: SOBALD WIR IM LAGER SIND, SCHNAPPE ICH MIR JOLLY JUMPER UND SCHWIRRE AB.
LACHHAFT! DU WIRST NOCH ALS ARMER, EINSAMER COWBOY ENDEN!
PLUFF!
?
IIIIIIH! ZU HILFE! MOZAAART! RETTE MICH!
?
?
MOZART? WAS IST DAS FÜR EIN TIER?
HATSCHI! HATSCHUM!
MOZART?
WIR KÖNNEN SIE NASSER MOZART NENNEN?
AU JA!
FETTER MOKASSIN! FETTER MOKASSIN!
NASSER MOZART UND VERSCHNUPFTE SPITZMAUS MÖGEN MITKOMMEN ZU PIKSENDEM BUSCH. DAS SEHR INTERESSANT.
ABER... UNSERE KLEIDER!
OHNE KLEIDER VIEL INTERESSANTER!
NACHHER SPIELEN WIR MEDIZINMANN!
31B

PSSSST! JOLLY JUMPER!
HIIIIIII!
PSST! ICH KOMME DICH BEFREIEN!
DIE BLAURÖCKE KEHREN ZURÜCK!
SCHNELL! VERGRABT WEISSE PAPOOSE UND BRINGT FEUER-WASSER IN DIE BERGE!
?!
32A
?
32B

WAS NOCH? HAT DER COLONEL ETWAS BEI DEN OGALALLAS VERGESSEN?
HABEN WIR DICH ERTAPPT, FRÖSTELNDES OPOSSUM! WENN DAS DA OGALALLAS SIND, BIN ICH EIN ESKIMO!
!
MEINE BRÜDER PENNEN WIE MURMELTIERE! WORAUF WARTEN SIE, UM MEINE PAPOOSE ZU VERTEIDIGEN?...
... TAPFERE KRIEGER GRABT DAS KRIEGSBEIL AUS UND SKALPIERT DIE BLAURÖCKE!
IN IHRER GEHEIMNISVOLLEN ZEICHENSPRACHE VERSTÄNDIGEN SICH DIE OGALALLAS RASCH UNTEREINANDER...
HUGH! DIE WEISSEN PAPOOSE SIND WIE HAARE IM PEMMIKAN. ICH HABE BESCHLOSSEN, SIE DEM COLONEL ZURÜCKZUGEBEN.
FRÖSTELNDES OPOSSUM IST FEIGE WIE EIN KOJOTE!!!
DER COLONEL MÖGE AUCH FETTER MOKASSIN MITNEHMEN. SIE IST EINE WEISSE PAPOOSE, DIE VOR VIELEN MONDEN ENTFÜHRT WURDE!
?
DER GROSSE HÄUPTLING SCHERZT WOHL? DAS SOLL EINE WEISSE SEIN?
WIR HABEN NOCH EIN WEISSES KIND ENTDECKT, COLONEL.
SOFORT LOSLASSEN!

VIER WEISSE KINDER AUF EINMAL! DAS IST... SCHNIEF... DER SCHÖNSTE TAG MEINES LEBENS!
SCHÖN WIE WEIHNACHTEN 1832, ALS WIR ZEHN APACHENDÖRFER AUF EINMAL NIEDERGEBRANNT HABEN!
VORWÄRTS! KEINE ÜBERFLÜSSIGE SENTIMENTALITÄT. WIR KEHREN ZUM FORT BOYARA ZURÜCK!
ÄH... DAS FETTE MONSTER AUCH?
MIR STEHT'S BIS ZU DEN FEDERSPITZEN! DEN NÄCHSTEN KRIEGER, DER WEISSES PAPOOSE ENTFÜHRT, SKALPIERE ICH EIGENHÄNDIG. ICH HABE GESPROCHEN.
ZU DUMM! GERADE IN DEM MOMENT, IN DEM ICH JOLLY JUMPER LOSBINDEN WOLLTE!
34 A
KRACK!
SHE WOOORE A YELLOOOW RIBBON...
HIIIII!
JOLLY!
FIS, LEUTE, FIS!
ICH ECHTER INDIANER! SCHWESTER SONNE MICH NUR NICHT MÖGEN.
SIE WERDEN SEHEN, EINES TAGES FINDE ICH MEINE TOCHTER WIEDER, LIEUTENANT GLOVER... - SEUFZ -
NATÜRLICH, COLONEL. UND VERGESSEN SIE NICHT, DASS SIE MIR IHRE HAND VERSPROCHEN HABEN.
34 B

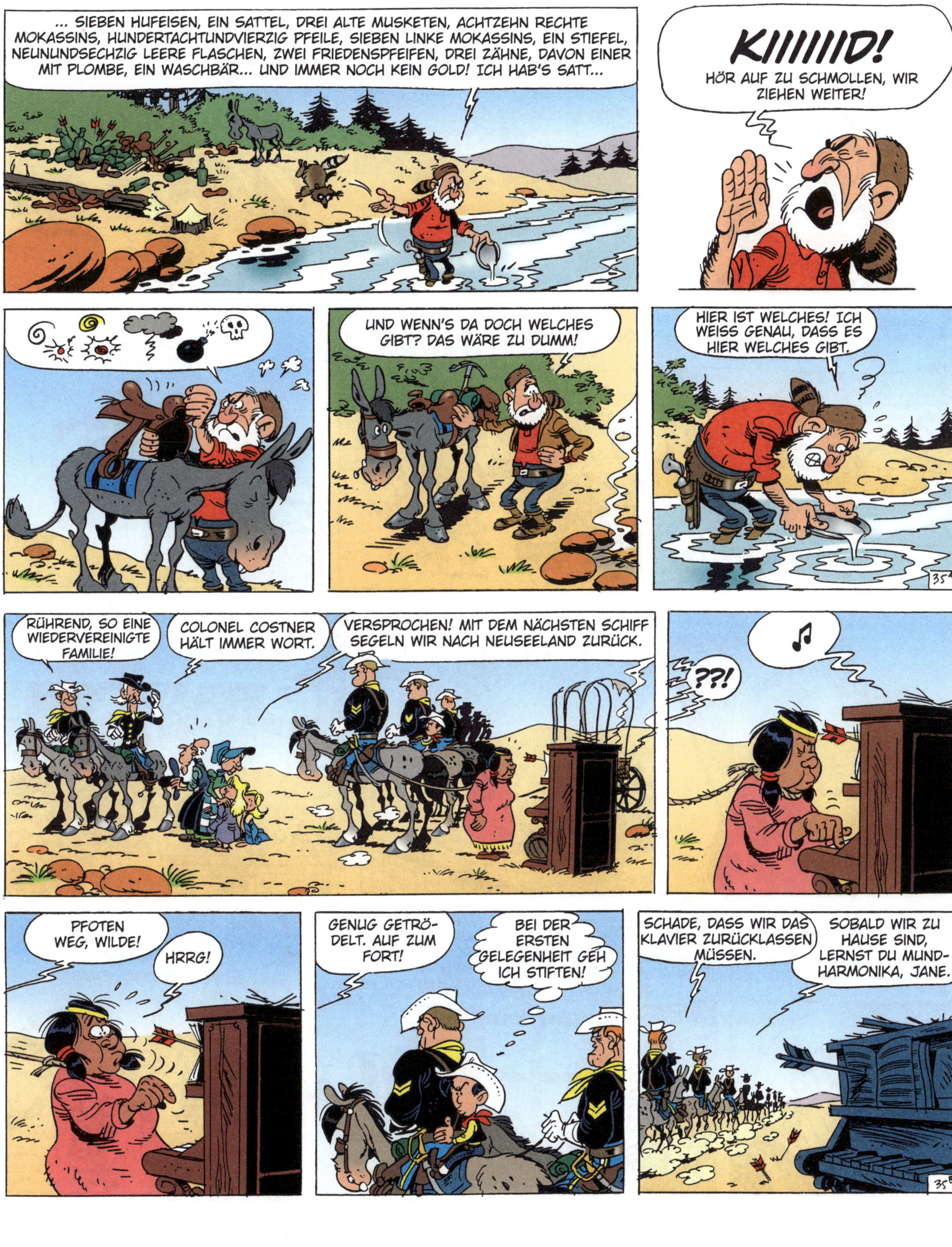
... SIEBEN HUFEISEN, EIN SATTEL, DREI ALTE MUSKETEN, ACHTZEHN RECHTE MOKASSINS, HUNDERTACHTUNDVIERZIG PFEILE, SIEBEN LINKE MOKASSINS, EIN STIEFEL, NEUNUNDSECHZIG LEERE FLASCHEN, ZWEI FRIEDENSPFEIFEN, DREI ZÄHNE, DAVON EINER MIT PLOMBE, EIN WASCHBÄR... UND IMMER NOCH KEIN GOLD! ICH HAB'S SATT...
KIIIIIID!
HÖR AUF ZU SCHMOLLEN, WIR ZIEHEN WEITER!
UND WENN'S DA DOCH WELCHES GIBT? DAS WÄRE ZU DUMM!
HIER IST WELCHES! ICH WEISS GENAU, DASS ES HIER WELCHES GIBT.
35A
RÜHREND, SO EINE WIEDERVEREINIGTE FAMILIE!
COLONEL COSTNER HÄLT IMMER WORT.
VERSPROCHEN! MIT DEM NÄCHSTEN SCHIFF SEGELN WIR NACH NEUSEELAND ZURÜCK.
??!
PFOTEN WEG, WILDE!
HRRG!
GENUG GETRÖDELT. AUF ZUM FORT!
BEI DER ERSTEN GELEGENHEIT GEH ICH STIFTEN!
SCHADE, DASS WIR DAS KLAVIER ZURÜCKLASSEN MÜSSEN.
SOBALD WIR ZU HAUSE SIND, LERNST DU MUNDHARMONIKA, JANE.
35B

SHE WOOORE A YELLOW RIBBON...
FIS, LEUTE, FIS!
HII!
SERGEANT KEITEL, SAGEN SIE DEN FAMILIEN BESCHEID, DASS WIR MEHRERE KINDER GEFUNDEN HABEN.
WAS SOLL ICH MIT DEM MISTBENGEL ANFANGEN? ER HAT SCHON ZUM DRITTEN MAL VERSUCHT AUSZUBÜXEN.
AB IN DIE ZELLE!
LASST MICH GEHEN! ICH BIN KEIN ENTFÜHRTES KIND! ICH BIN EIN NORMALER WAISENJUNGE!
KLICK! KLACK!
36A
MARGRET... SCHNIEF! MEIN GELIEBTES KLEINES MÄDCHEN. WERDE ICH DICH EINES TAGES WIEDERFINDEN?
COLONEL! ETWAS ENTSETZ... ÄH... UNGLAUBLICHES IST GESCHEHEN! WIR HABEN DAS DICKE MONSTER GEWASCHEN! ES IST EINE WEISSE!
?
ÄH... SCHLUCK... SIE HAT... WÜRG... IN ETWA DASSELBE ALTER WIE IHRE... STÖHN... TOCHTER MARGRET!
DAS IST DOCH GROTESK, GLOVER! ÜBRIGENS BESASS MEIN ARMES KIND EIN MUTTERMAL AUF DER RECHTEN SCHULTER!
EBEN. DAS FETTE MONST... DAS JUNGE MÄDCHEN HAT AUCH EIN MUTTERMAL AUF DER RECHTEN SCHULTER!
NICHT MÖGLICH! FALLS SIE ES IST, HALTE ICH WORT: SIE WERDEN SIE HEIRATEN, GLOVER!
ÄH... ZU BEFEHL, SIR!
36B

WÄ...WÄRE ES MÖGLICH, DASS SIE MEINE TOCHTER MARGRET SIND?
MOMENT... NICHTS ÜBERSTÜRZEN! MARGRET KONNTE AUF GÖTTLICHE WEISE DIE KLEINEN FUGEN VON BACH SPIELEN.
LIEUTENANT GLOVER! HOLEN SIE DAS KLAVIER VOM PASTOR!
TUT MIR LEID, SIR. LIEUTENANT GLOVER IST DESERTIERT UND MIT EINEM PFERD AUF UND DAVON!
WÄHRENDDESSEN...
ZZZ...
37A
ESSEN FASSEN!
POCK!
?!
KEINE ANGST, KIND. DAS IST NUR EIN KLAVIER. DAS BEISST NICHT.
37B

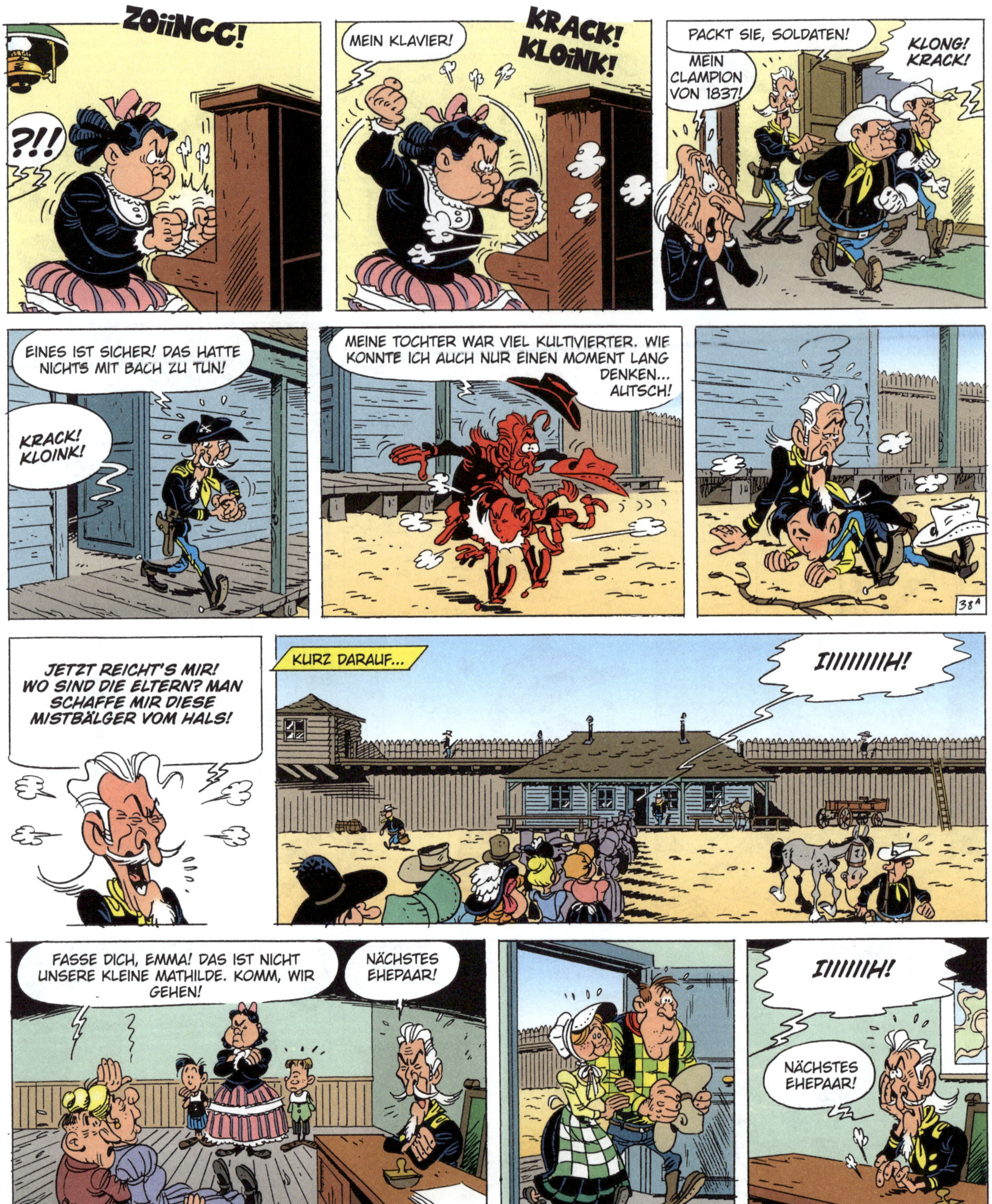
ZOiiNGG!
?!!
MEIN KLAVIER!
KRACK! KLOiNK!
PACKT SIE, SOLDATEN!
MEIN CLAMPION VON 1837!
KLONG! KRACK!
EINES IST SICHER! DAS HATTE NICHTS MIT BACH ZU TUN!
KRACK! KLOINK!
MEINE TOCHTER WAR VIEL KULTIVIERTER. WIE KONNTE ICH AUCH NUR EINEN MOMENT LANG DENKEN... AUTSCH!
38A
JETZT REICHT'S MIR! WO SIND DIE ELTERN? MAN SCHAFFE MIR DIESE MISTBÄLGER VOM HALS!
KURZ DARAUF...
IIIIIIIIIH!
FASSE DICH, EMMA! DAS IST NICHT UNSERE KLEINE MATHILDE. KOMM, WIR GEHEN!
NÄCHSTES EHEPAAR!
IIIIIIIH!
NÄCHSTES EHEPAAR!
38B

DAS IST UNSER KIND!
SIND SIE GANZ SICHER? DAS FETTE MONST... ÄH... DAS JUNGE MÄDCHEN IST IHRE TOCHTER?
WELCHES JUNGE MÄDCHEN? WIR SPRECHEN VON DEM JUNGEN.
NEIIIIN! ICH KEIN KLEINER JUNGE, ICH KLEINER INDIANER!
DAS REICHT, KONRAD! ZU HAUSE ERWARTET DICH EINE TRACHT PRÜGEL.
RABENVOGEL VON SQUAW MEIN PAPOOSE NICHT ANRÜHREN.
KLOMPS!
39A
KLOMPS!
PAFF!
SO FESSELT SIE DOCH, UM HIMMELS WILLEN!
HABEN DIE EIN GLÜCK!
WIR SCHICKEN DICH IN EIN INTERNAT AUF DEM ALTEN KONTINENT. DORT WIRD MAN DIR DAS AUSREISSEN SCHON AUSTREIBEN!
NEEIIIIN! ICH WILL BEI FETTER MOKASSIN BLEIBEN.
?
SCHRECKLICH! ICH BIN ZUR KAVALLERIE GEGANGEN, UM INDIANER ZU MASSAKRIEREN, NICHT UM NOTLEIDENDE FAMILIEN ZUSAMMENZUFÜHREN!
NÄCHSTES EHEPAAR!
ARMES STACHELSCHWEIN! DAS SIND JA SCHRECKLICHE ELTERN. BRRR... ZUM GLÜCK KANN MIR DAS NICHT PASSIEREN.
DAS IST ER!
?
39B

DAS IST UNSER KLEINER JOY! TROTZ SEINER FÜRCHTERLICHEN MÄHNE ERKENNE ICH IHN WIEDER!
SEHR GUT, AUSGEZEICHNET!
HOFFENTLICH BLEIBEN NOCH WELCHE ÜBRIG!
ICH BIN VOLLWAISE! DAS SIND NICHT MEINE ELTERN! DAS IST KIDNAPPING!
PSST! UNARTIGER JUNGE!
GENUG GETRÖDELT, SERGEANT! FÜHREN SIE DIESES WEIB DEM BATAILLON VON ZIVILISTEN VOR, DAS DRAUSSEN WARTET!
40A
?!!!
?!?
WENN DER COLONEL NUR NICHT ENTDECKT, DASS WIR IHN ANGESCHWINDELT HABEN!
ACH WAS! DER ARME ENGEL HAT DASSELBE ALTER WIE UNSER VERSCHWUNDENES TÖCHTERCHEN.
DIE HABEN EINEN NOCH GRÖSSEREN KNALL ALS DIE INDIANER! HEUTE NACHT SCHIESS ICH IN DEN WIND!
KIIIIIID! HAST DU ETWA ANGST, ZURÜCKZUKOMMEN? DU BIST FEIGE WIE EIN KLEINES MÄDCHEN!
40B

WOOOUUU...
ZZZ...
ZZZ...
ZZZ...
ZZZ...
ZZZ...
ZZZ...
ZZZ...
ZZZ...
WENN DIE AUFWACHEN, BIN ICH SCHON ÜBER ALLE BERGE!
?!?
ZZZ...
ZZZ...
?!?
TÜRMST DU ETWA AUCH?
NA KLAR! HAST DU DIR MEINE ALTEN ANGESEHEN?
41A
STIMMT! LANGSAM KAPIERE ICH, WIESO DIR DIE WILDEN LIEBER SIND. KOMM, WIR KRATZEN DIE KURVE!
WARTE! ERST MÜSSEN WIR FETTER MOKASSIN BEFREIEN.
SIE MUSS DA DRINNEN SEIN.
ZZZ, CHRR, ZZZ...
SO EIN SCHWEIN! WEIT UND BREIT KEINE WACHPOSTEN!
DIE HABEN SOGAR VERGESSEN, DIE TÜR ABZUSCHLIESSEN!
CHRR...
ZZZ...? HABEN PAPOOSE WACHPOSTEN SKALPIERT?
CHRR...
ZZZ...
CHRR...
ZZZ...
??!!!
41B

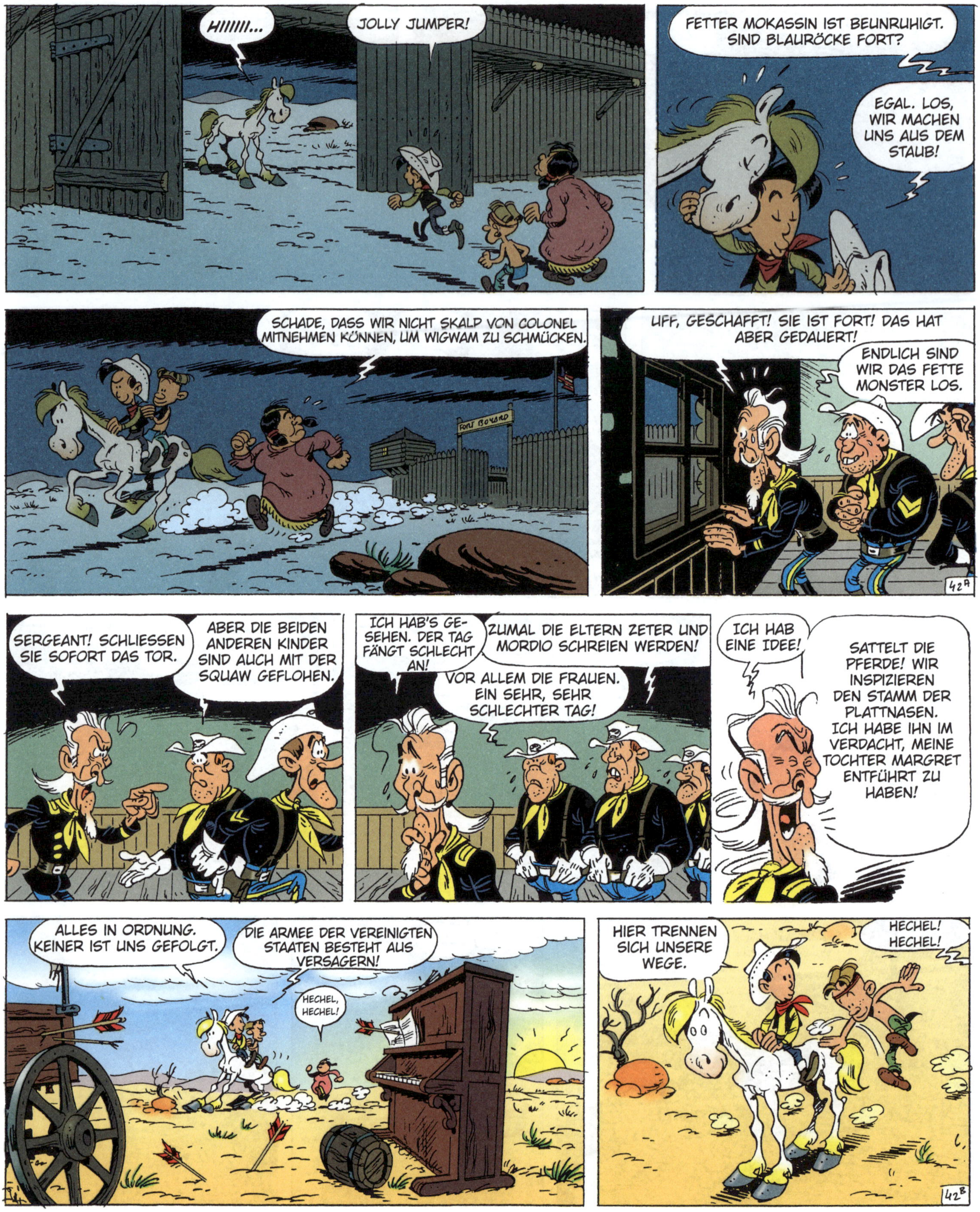

HIIIIII...
JOLLY JUMPER!
FETTER MOKASSIN IST BEUNRUHIGT. SIND BLAURÖCKE FORT?
EGAL. LOS, WIR MACHEN UNS AUS DEM STAUB!
SCHADE, DASS WIR NICHT SKALP VON COLONEL MITNEHMEN KÖNNEN, UM WIGWAM ZU SCHMÜCKEN.
UFF, GESCHAFFT! SIE IST FORT! DAS HAT ABER GEDAUERT!
ENDLICH SIND WIR DAS FETTE MONSTER LOS.
SERGEANT! SCHLIESSEN SIE SOFORT DAS TOR.
ABER DIE BEIDEN ANDEREN KINDER SIND AUCH MIT DER SQUAW GEFLOHEN.
ICH HAB'S GESEHEN. DER TAG FÄNGT SCHLECHT AN!
ZUMAL DIE ELTERN ZETER UND MORDIO SCHREIEN WERDEN!
VOR ALLEM DIE FRAUEN. EIN SEHR, SEHR SCHLECHTER TAG!
ICH HAB EINE IDEE!
SATTELT DIE PFERDE! WIR INSPIZIEREN DEN STAMM DER PLATTNASEN. ICH HABE IHN IM VERDACHT, MEINE TOCHTER MARGRET ENTFÜHRT ZU HABEN!
ALLES IN ORDNUNG. KEINER IST UNS GEFOLGT.
DIE ARMEE DER VEREINIGTEN STAATEN BESTEHT AUS VERSAGERN!
HECHEL, HECHEL!
HIER TRENNEN SICH UNSERE WEGE.
HECHEL! HECHEL!

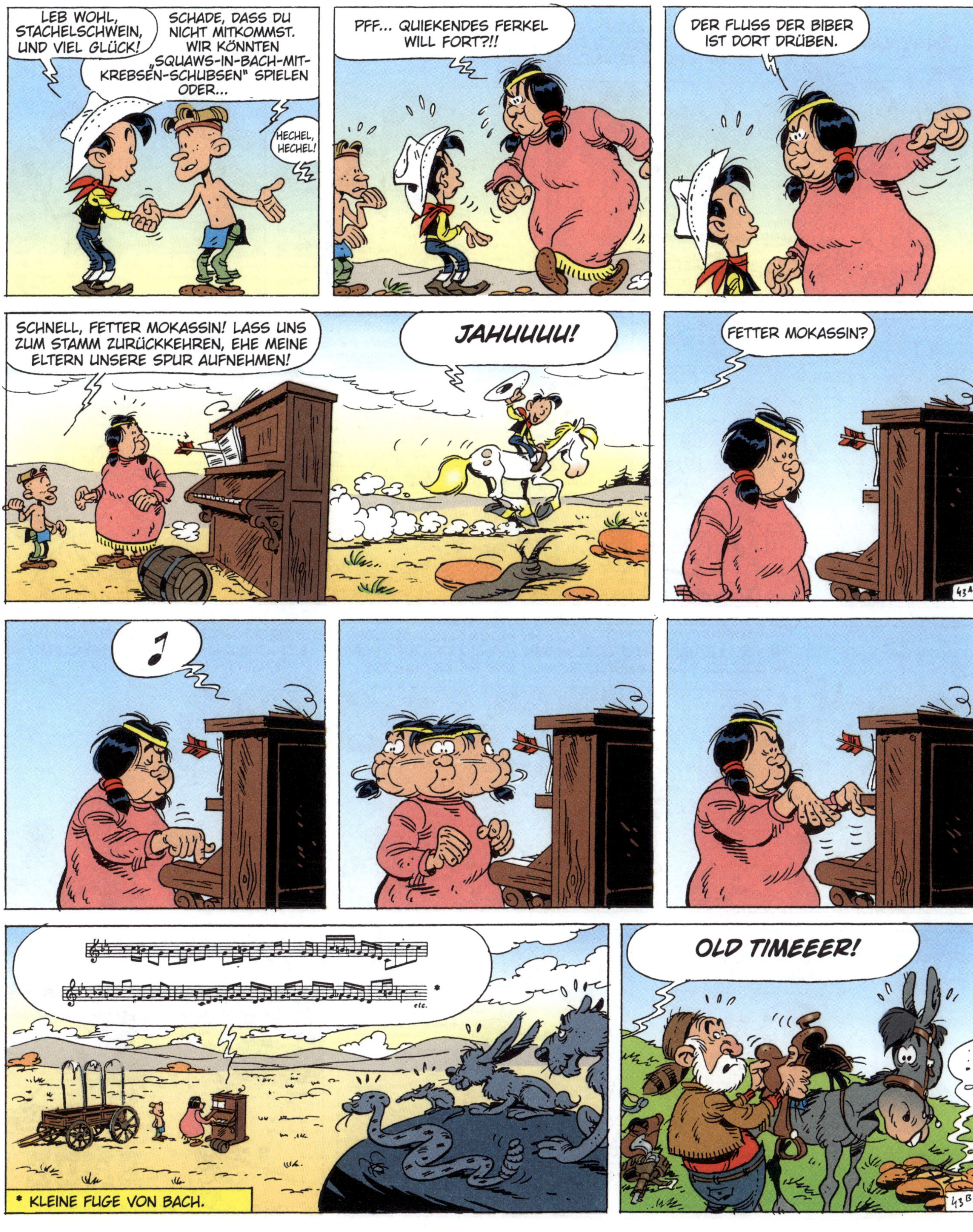
LEB WOHL, STACHELSCHWEIN, UND VIEL GLÜCK!
SCHADE, DASS DU NICHT MITKOMMST. WIR KÖNNTEN „SQUAWS-IN-BACH-MIT-KREBSEN-SCHUBSEN" SPIELEN ODER...
HECHEL, HECHEL!
PFF... QUIEKENDES FERKEL WILL FORT?!!
DER FLUSS DER BIBER IST DORT DRÜBEN.
SCHNELL, FETTER MOKASSIN! LASS UNS ZUM STAMM ZURÜCKKEHREN, EHE MEINE ELTERN UNSERE SPUR AUFNEHMEN!
JAHUUUU!
FETTER MOKASSIN?
43A
etc. *
* KLEINE FUGE VON BACH.
OLD TIMEEER!
43B

JAHUUU!
KID! DA BIST DU LAUSEBENGEL JA ENDLICH! DIR WERDE ICH DAS AUSREISSEN SCHON AUSTREIBEN!
WARTE, OLD TIMER! ICH KANN DIR ALLES ERKLÄREN.
?
WO HAST DU DAS PFERD GESTOHLEN, DU SPITZBUBE?
GESTOHLEN?
JOLLY JUMPER GEHÖRT NIEMANDEM. ER IST MEIN FREUND.
JOLLY JUMPER? ICH KANNTE MAL EINE BLONDINE IN NEW ORLEANS, DIE HIESS GENAUSO... SEUFZ!
44A
?
... DANN HAT MICH FETTER MOKASSIN IN DEN FLUSS GEWORFEN, UND ICH HAB DEN GRIZZLY IN DEN WIGWAM GELOCKT, UND DER COLONEL WAR FUCHSTEUFELSWILD, UND DIE BISONHERDE...
... UND DIE HOLZFÄLLER HABEN MICH DAS EICHHÖRNCHEN SPIELEN LASSEN, UND PEMMIKAN IST TOTAL EKELHAFT...
... UND DIE OGALALLAS...?!
UND ICH HABE DIE KUGELN IN MEINEM COLT NACHGEZÄHLT!
HATTE ICH DIR NICHT VERBOTEN, DEN REVOLVER ANZURÜHREN? DAS IST GEMEINGEFÄHRLICH! LASS DIR DAS EINE LEHRE SEIN!
I'M A POOR LONESOME COWBOY, AND IT'S A LONG WAY FROM HOOOME...
ENDE
© MORRIS
PEARCE & LÉTURGIE
44B

Was die vielen Freunde der deutschsprachigen Abenteuer von Lucky Luke
schon immer wissen wollten ...

Das erste bei Egmont Ehapa erschienene Album des lonesome Cowboy trägt die Nummer 15. Gibt es etwa 14 davor publizierte, mittlerweile nicht mehr lieferbare Bände? Die Antwort ist: Nein! Bis zum Jahre 1978 erschienen in nicht chronologischer Reihenfolge insgesamt 14 Abenteuer im Programm des Koralle-Verlags. Als Morris sich entschlossen hatte, die Rechte für alle weiteren Bände an Egmont Ehapa zu vergeben, musste der Verlag seine neuen Titel mit der Nummerierung 15 beginnen lassen, um Missverständnisse gegenüber den damals noch erhältlichen bisherigen Titeln zu vermeiden. Als die Verträge für diese 14 Bände schließlich ausgelaufen waren, konnte Egmont Ehapa sie nach und nach allesamt in seine Reihe integrieren.

Wer wissen will, um welche Abenteuer es sich handelt, findet hier die detaillierte Aufstellung:

Band 1 Dicke Luft in Dalton City entspricht Band 36 Dalton City
Band 2 Lucky Luke und der Kopfgeldjäger entspricht Band 43 Der Kopfgeldjäger
Band 3 Lucky Luke und der Großfürst entspricht Band 46 Der Großfürst
Band 4 Rächer der Enterbten entspricht Band 38 Jesse James
Band 5 Die verrückte Erbschaft entspricht Band 53 Die Erbschaft von Rantanplan
Band 6 Heiße Hits aus Mexiko entspricht Band 28 Tortillas für die Daltons
Band 7 Ma Daltons saubere Früchtchen entspricht Band 47 Ma Dalton
Band 8 Lucky Luke und der weiße Reiter entspricht Band 50 Der weiße Kavalier
Band 9 Die Geisterstadt entspricht Band 64 Goldrausch
Band 10 Die Daltons werden kuriert entspricht Band 54 Die Daltons und der Psycho-Doc
Band 11 Eine Woche Wilder Westen entspricht Band 66 Eine Woche Wilder Westen
Band 12 Western Circus entspricht Band 62 Western Circus
Band 13 Apachen-Canyon entspricht Band 61 Der Apachen-Canyon
Band 14 Der Kaiser von Amerika entspricht Band 57 Der Kaiser von Amerika

„Lucky Luke – Am Fluss der rosa Biber“
Zeichnungen: Morris und Pearce
Text: Léturgie und Pearce
Aus dem Französischen von Klaus Jöken
Mit einem Vorwort von Horst Berner
Originaltitel: „Kid Lucky“

Nachdruck 2025
EGMONT EHAPA MEDIA GMBH, Berlin
Egmont Verlagsgesellschaften mbH, Berlin
Verantwortliche Redakteurin: Annica Strehlow
Produktmarketing: Jana Rahders
Herstellung: Simone Uhlich

Informationen zur Produktsicherheit: safety@egmont.de
Printed in the EU
ISBN der gebundenen Ausgabe: 978-3-7704-3818-1

Das komplette LUCKY LUKE -Programm

Band 15 Band 16 Band 17 Band 18 Band 19 Band 20 Band 21 Band 22

Band 23 Band 24 Band 25 Band 26 Band 27 Band 28 Band 29 Band 30

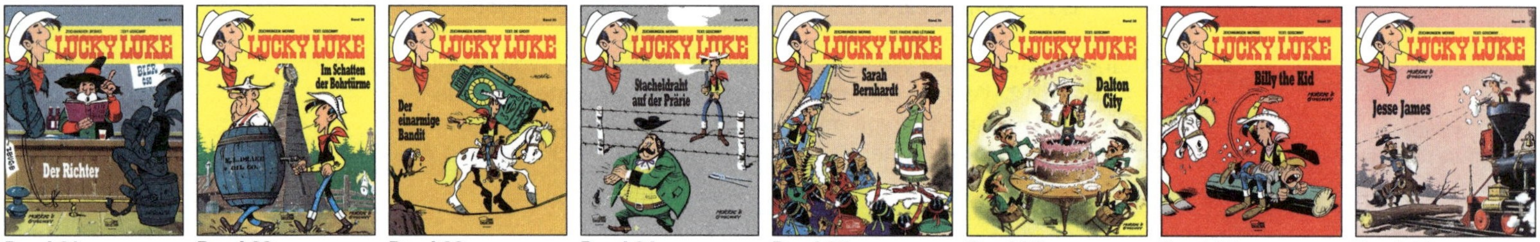

Band 31 Band 32 Band 33 Band 34 Band 35 Band 36 Band 37 Band 38

Band 39 Band 40 Band 41 Band 42 Band 43 Band 44 Band 45 Band 46

Band 47 Band 48 Band 49 Band 50 Band 51 Band 52 Band 53 Band 54

Band 55 Band 56 Band 57 Band 58 Band 59 Band 60 Band 61 Band 62

Band 63 | Band 64 | Band 65 | Band 66 | Band 67 | Band 68 | Band 69 | Band 70

Band 71 | Band 72 | Band 73 | Band 74 | Band 75 | Band 76 | Band 77 | Band 78

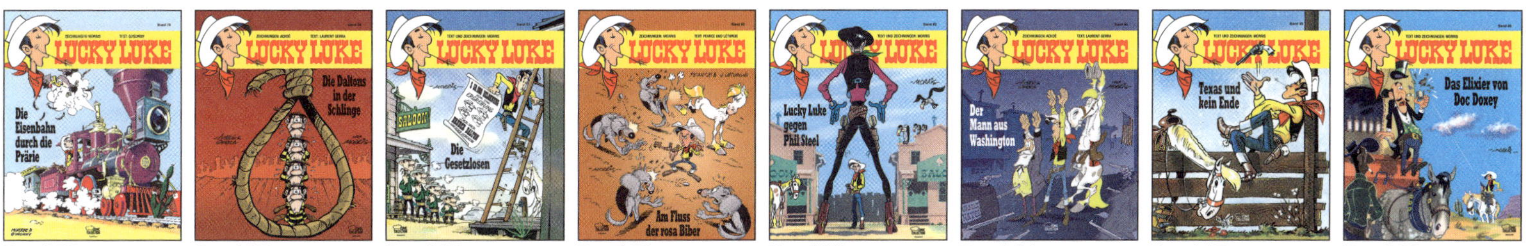

Band 79 | Band 80 | Band 81 | Band 82 | Band 83 | Band 84 | Band 85 | Band 86

Band 87 | Band 88 | Band 89 | Band 90 | Band 91 | Band 92 | Band 93 | Band 94

Band 95 | Band 96 | Band 97 | Band 98 | Band 99 | Band 100 | Band 101 | Band 102

Überall im Buchhandel erhältlich!